Sept. 2019

für Walter u. Marlies

herzlich

Gerhard

Geest-Verlag
Verlag für engagierte Literatur

Gerhard Ochs

wiEderSehnen

92 Kurzgeschichten

Ochs, Gerhard
wiEderSehnen
92 Kurzgeschichten
Geest-Verlag 2019

© Geest, Vechta
Lange Straße 41 a
49377 Vechta-Langförden
Tel 04447/ 856580
Geest-Verlag@t-online.de
www.geest-verlag.de

Druck: Geest-Verlag
Alle Rechte vorbehalten

ISBN 978-3-86685-728-5

Printed in Germany

# Inhalt

| | |
|---|---|
| Hufeisen | 9 |
| Blüht die Esche vor der Linde | 10 |
| Wer den Brunnen kennt | 11 |
| Früher Morgen, später Abend, tiefe Nacht | 12 |
| Delikt | 13 |
| Mensch Tweedy | 14 |
| Ein Meter mehr Freiheit | 15 |
| Vater, also ich | 16 |
| Eine Begegnung | 17 |
| Der Maler Gottes | 18 |
| Zwischen 4 Uhr, 26 und 4 Uhr, 46 | 19 |
| Es ist so | 20 |
| Malefiz | 21 |
| Jakob von der Vogelweide | 22 |
| Zuckerlösung | 23 |
| Mysterium für Inneres | 24 |
| Twiddy, das zweite Leben | 25 |
| Gräte liebt Tentakel | 26 |
| In der Stunde X | 27 |
| Wir schaffen das | 28 |
| Wahrheit trinkt Milch | 29 |
| Die Erde ist rund oder | 30 |
| Sieben Schläfer in Moskau | 31 |
| Laterna magica | 32 |
| Pfeifen und anderer Tabak | 33 |
| Man braucht lange Arme oder einen schönen Tag | 34 |
| Bavaria | 35 |

| | |
|---|---|
| Gipser | 36 |
| Kornkreis | 37 |
| Das ist der Daumen | 38 |
| Da, wo man singt | 39 |
| Blaugrüne Stunden | 40 |
| Spielleutestraße | 41 |
| Babe | 42 |
| Schwarzbunt wie rosarot | 43 |
| Stroh zu Gold | 44 |
| Semmering | 45 |
| Tintenfisch blau | 46 |
| Lichtsekunde | 47 |
| Wir Enkel mögen's | 48 |
| Luftmaschen | 49 |
| Das siebte B | 50 |
| Per saecula saeculorum | 51 |
| Wann sagt einer das erste Wort | 52 |
| Köchelverzeichnis | 53 |
| Mephisto | 54 |
| Michael Ende | 55 |
| Masse mal Licht | 56 |
| Kaledonia | 57 |
| Kuscheltiere leben länger | 58 |
| Zungenrot | 59 |
| Ohne rechte Winkel | 60 |
| Später fallen die ersten Tropfen | 61 |
| Schafe hüten | 62 |
| Zwei, die sich beugen | 63 |
| Platz 1: Ebbe, Platz 2: Flut | 64 |
| Federling | 65 |

| | |
|---|---|
| Obolus | 66 |
| Denkschrift | 67 |
| Auf nach Panama | 68 |
| Zwei halbe Schläge | 69 |
| Das Ding | 70 |
| Unser Krieg ist aus | 71 |
| Ich bin eine Triole | 72 |
| Wachswandel | 73 |
| Was krumm ist, soll gerade werden | 74 |
| Nairobis Rundschau | 75 |
| Spiegelreflex | 76 |
| Der berühmte Dichter hat einen schlechten Tag | 77 |
| Grabowski | 78 |
| Meerfamilien | 79 |
| Manschettenknöpfe | 80 |
| Reißbrett | 81 |
| Alles verwandelt sich in Schrift | 82 |
| Flicken am Sein | 83 |
| Erweiterung mit 7 | 84 |
| Zum Gedächtnis an die bemoosten Häupter | 85 |
| Vater billiger Vergnügen | 86 |
| Beulenfrost | 87 |
| Lange Zeit | 88 |
| Hallo Sommer | 89 |
| Hinke Pinke | 90 |
| Kukident | 91 |
| Allmählich schlugen alarmierende Glocken an | 92 |
| Wie sich Gelb ergießt | 93 |
| 1844 | 94 |

| | |
|---|---|
| Badischer | 95 |
| Die Käte Kruses | 96 |
| Kammerspiel | 97 |
| Fahrt nach Merseburg | 98 |
| Es ist, als reiste ich mit dem Zug | 99 |
| Marie | 100 |
| Epilog | 101 |

## Hufeisen

Ich trabte auf die Straße. Es war eine günstige Stunde, aber eine ungünstige, um gleichgesinnte Geister zu suchen. In der beginnenden Dämmerung war nur Frida mit ihrem Brötchenkorb unterwegs, eine Gestalt, die ich höchstens als Notunterkunft gewählt hätte. Dann folgte ich den Wegmarkierungen, um vielleicht einen günstigen Schlafplatz zu finden. Eine Backsteinvilla in einem parkähnlichen Garten schien mir geeignet. Ich sprang über die Hecke, kroch durch den Rhododendron und begab mich in den Keller. In halber Höhe schaute ein Fenster in den rückwärtigen Teil des Gartens. Eine Terrasse war da, Blumenbeete, Palmen in Kübeln, mir gefiel das. Befriedigt streckte ich mich aus und schlummerte ein wenig. Als ich erwachte, war auf der Terrasse ein Frühstückstisch gedeckt für zwei Personen, von denen ich allerdings nur eine sah, eine ältere Dame. Ich glaubte, von ihrem blauen Kostüm auf einen verträglichen Charakter schließen zu können und nahm deswegen ihre Gestalt an.

## Blüht die Esche vor der Linde

Er ist ein Mensch vom Süden. Anscheinend sind es die Wurzeln im Boden, die über Lust und Laune befinden. Naturkundige haben den Kanon der Erde noch nicht verstanden, wie er von den Alten schon vor Zeiten begriffen wurde. In einem schwermütigen Lied der Prinzipien steht er heute vor uns. Zuerst hebt fruchtiger Moder die mythische Decke und lässt darunterblicken. Zwei Wurzelzweige treibt der mürbe Stamm, einen Mann und eine Frau. Ein dritter Zweig packt die Frau und hebt sie hoch. Der Mann dagegen stemmt seine Beine noch tiefer in den Boden. Vögel setzen sich auf seine Brust mit einer Nachricht vom Volk. Seither macht der Mensch der Sage Gedichte.

## Wer den Brunnen kennt

Ein Y wird vermisst. Warte, bald wird es Nacht, da will ich hellsehen und es finden! Ich pieke mit einer Nadel in alles, was mir verdächtig nach einem Buchstaben aussieht. Da geht der Boden auf, ein Köpfchen erscheint, eine nervige Pfote, in Silber gerührtes Lachen erklingt. Das tierähnliche Wesen legt mir Leckereien auf immer kleiner werdenden Schüsseln vor. Ich rätsele nicht lange über Ursache und Bewandtnis, sondern probiere vom Angebotenen. Mit jedem Bissen spüre ich ein Jucken und Ziehen der Haut. Erschrocken schließe ich die Augen und öffne sie wieder, um zu sehen, was passierte: Mir wuchsen Federn! So zugerichtet stehe ich da, lang spielt der Mond auf der Geige, aus der kalten Musik löst sich eine Stimme, die sagt Flieg!

## Früher Morgen, später Abend, tiefe Nacht

Der Lektor las nur wenige Seiten des neuen Manuskripts, dann schloss er sein drittes Auge und schlief ein, weil er Geschichten von verlorenen und nicht wieder gefundenen Menschen zu Genüge kannte, was ihn sichtlich ermüdete, denn sein Schnurrbart lag wie geplättet auf dem Schreibtisch.
Da stupste ein Labrador sanft an die herabhängende Hand des Lektors, um an die ihm versprochenen Fleischbrocken zu erinnern. Zu spät. Schon kam der erste Geier in Sicht, welcher auf das kälter werdende Schläfenbein der Beute zuflog, anderes weißes Geflügel im Gefolge.

# Delikt

Kada Leiskop ist eine schöne Frau, heute geht sie über Dungmoose. Kuriere haben ihr von fliegengroßen Liebeskünstlern berichtet, die dort immer wieder auftauchen sollen. Herumliegende Findlinge sind die idealen Scheuerplätze für ihre aufgereizte Haut. Kada Leiskop macht Gebrauch davon, bevor sie, bebend vor Gedanken, ihre Schritte weiterwägt. Wer wird ihrem Hüftgang Beachtung schenken? Ein Schwarm schillernder Kavaliere auf der Durchreise bedecken sie.

## Mensch Tweedy

Wollte nie ein Hund sein. Oder eine Katze. Nicht einmal ein Elefant. Mir reichten zwei Beine, und Gehen fand ich überragend. Das finde ich noch immer. Ich gehe und frage nach dem Weg, aber niemand hat ihn gesehen. Ich gehe weiter und lege mein Ohr an den Asphalt. Ich höre ein Hinken und Keuchen. Das sind wohl die Jahre, die mir folgen. Manche einbeinig auf Krücken, andere auf Stelzen, wieder andere auf Knien und einige auf Zehenspitzen. Alle haben es eilig und erreichen mich doch nicht, so oft ich auch stehenbleibe und bereit bin für die Demut. Jemand Unsichtbares ist bei mir.

# Ein Meter mehr Freiheit

Ein Haustier kommt zur Tür herein, nimmt Platz. Pythagoras räumt seine Sachen vom Tisch. Die Frau des Geometrikers bringt Brot und Wein. Das Tier zieht ein Blatt hervor, darauf der Kosmos soweit damals bekannt. Augenblicklich wird den beiden Wissenschaftlern warm ums Herz. Die Ziege atmet heftig, ihr Bärtchen wippt. Pythagoras kalkuliert mit Zahlen im eigenen Licht. Falter flattern um sein Genie. Der Rechenlehrer und das gelehrte Tier verhandeln miteinander die anmutigsten Gedanken. Letzte Blicke werden ausgetauscht, und die beiden tänzeln zum Oberlicht der alten Welt hinaus.

# Vater, also ich

Sein Seemannskoffer stand dort, wo sich zwei Wege kreuzten. Magnus Maior Maximus entschied sich für den, der nach Salzluft roch. Eines Morgens beim Spaziergang am Strand fanden wir ihn angespült. Sein Mund klaffte, er atmete kaum, die Beine steif und meerwärts. Er war gerade noch ein Schwebchen. Wir, also Mutter und Töchter, hauchten ihm Tee und Butter ein. Vater, also ich, las dem schon langsam Genesenden Kapitel um Kapitel aus der Bibel vor. Auch brachte ich den guten Geistern, die um sein Bett lagerten, Opfer dar, indem ich Seite um Seite verbrannte, sobald ich sie gelesen. Draußen rauschten in unserem Garten uralte Bäume, auf denen Philanthropen saßen und ihm zuwinkten. Inzwischen kam Magnus Maior Maximus wieder vollständig zu Kräften und sprang in die Flut.

## Eine Begegnung

Einmal kam der Fuchs im feinen roten Frack zum Hasen und sagte: Lieber Hase, bester Freund, komm herein in meinen Hals, das schöne Portal, und erkenne das Gaumenzäpfchen, spüre die enge Berührung mit meinem Schlund, du hast die einmalige Chance, Teil meines Fleisches zu werden, so kann ich besser achten auf dich und du durch mich besser zur Geltung kommen, ein Körper, die gleiche Galle, näher können wir einander nicht kommen. Der Fuchs holte kurz Luft und fuhr fort: Es ist noch nicht einmal ausgemacht, ob ich dich so will. Er sah den Hasen von oben herab an: Aber wenn du dir die Ohren wäschst, lieber Freund, dir die Nase putzt, das Fell bürstest, dann, mag sein, gewähre ich dir vielleicht Einlass zu meinem Magengehege, dem sanften Säurebad, und ich, der Fuchs persönlich, halte dir eine Wanderung frei längs der Dünndarmschlingen, eine noch wärmere Reise bis zur Dickdarmenge, und schließlich bekommst du zum Schluss von mir einen Verdauungskuss. Was, lieber Hase, sagst du dazu?

## Der Maler Gottes

Bergauf, talab Natur. Kronendach und zwitscherndes Gefieder. Bereit für zwei, die zusammen sind. Am Südende des Reiches Papierwinde. Es schwimmt die Herrschaft die Wiesen hinab. Eine liegende Acht himmelt die Sonne an, unendlich und fehlerfrei. Manchmal leuchtet Rosa ein. Hüte fliegen, Hüften schwingen. Das Verschenken einer Blume in Weiß. Das Leben möchte länger sein. Gründe fürs Bleiben gäbe es genug.

## Zwischen 4 Uhr, 26 und 4 Uhr, 46

Im Morgengrauen des Jahres 2018 begannen mir im Kopf schwarze Früchte zu wachsen. Ich stand in Uniform neben ahnungslosen Statuen. Was ist das für ein schäumendes Blut in meinem Herzen, fragte ich mit betäubter Stimme. An meinen Schuhen hing Morast, leicht wie Schnee. Dann ließ ich mich auf den Rand eines Kochfeldes nieder. Mag sein, dass ich meine schlechten Gewohnheiten liebe, sicher aber ist, dass ich die Menschheit nicht liebe. Ich liebe die Männer nicht, und ich liebe die Frauen nicht, ich liebe die Kinder nicht, und ich liebe die Alten nicht, ich liebe nicht diese Stadt, nicht dieses Land, nicht diesen Kontinent, nicht diese Erde. Ich liebe weder das Sonnensystem noch das Universum, weder die Natur noch den lieben Gott. Ich liebe die Erinnerung nicht und die Hoffnung nicht. Ich bin ins Schreiben nicht und nicht ins Vorlesen verliebt. Ich bin in garnichts verliebt, nicht einmal in mich selbst. Ich finde es nicht liebenswert, dass ich nichts liebe. Und ich finde es auch nicht liebenswert, dass ich es nicht liebenswert finde, nichts zu lieben. Und eben das finde ich nicht liebenswert. Und liebe es nicht, dass ich nicht liebe, was ich nicht liebe, weil ich auch das, was ich nicht liebe, nicht liebe und das, was ich nicht liebe, ebenfalls nicht. In diesem Augenblick im Morgengrauen des Jahres 2018 rief aus fernen Büschen die silberne Nachtigall nach mir. Ich fiel glücklich und erschöpft in einen Schlaf, der tief und rein war.

## Es ist so

Immer kommt das Licht vom Himmel, das ist so. Es gehört nicht unter die Dinge, sondern in die Entfernung. So kommt der Tag, so schließt die Nacht mein Zimmer ab, so ist das. Was machen wir nun mit der Schöpfung, was schützt ihre Liebe? Kommt sie unter uns in die Umarmung, in den Tanz? Sie verengt oder weitet sich, es gibt ja nichts Helleres, nichts Dunkleres. O Licht, Durst nach Form, nach Stoff, ein Strom von Figuren und Wörtern strandet. Wie alles, was wartet, hoffe auch ich. Mein Mund wartet, meine Seele, und du selbst wartest auf mich, Licht, deine Umarmung, dein Tanz.

## Malefiz

Das letzte Mal war ich ein schmutziger Spatz allein im Wald, meine Eltern hatten mit mir Schluss gemacht. Da saß ich auf einem Stein und hatte bald Gedanken. Jetzt sah ich eine Schar Kameraden vorüberziehen, gern wäre ich mitgeflogen. Aber die reichlichen Güter im Revier waren mir lieb geworden, und ich blieb mit zittrigen Flügeln zurück auf dem Boden. Der Wald gewahrte mich, das genügte. Die würzige Luft drang in meine Poren. Wenn ich den Schnabel betätigte, schickten sich die Mücken in ihr Los.

## Jakob von der Vogelweide

Der junge Mann war noch weit weg, die Himmelsfarben des Tages verblassten. Da meinte er, eine leise Stimme zu hören oder waren es die Härchen in seiner Ohrmuschel, die der Wind zum Klirren brachte? Es klang, als ob ein Satz feinen Geschirrs zerbrach. Grund genug, seine schönen Beine voranzutreiben. Die leere Welt lag schon hinter ihm, zu riesigen Schachteln aufgestapelt. Vor ihm ein dünnes Brett von bestimmter Länge, das sich über einen Abgrund legte. Drei mutige Hasen nahmen den müden Jüngling in ihre Mitte und führten ihn sicher hinüber. Bald stand er vor einer verschlossenen Höhle, die Tiere blieben zurück. Auf sein Klingeln öffnete ein liebes Mädchen, küsste und brachte ihn zu ihrem Herrn, der seine wirklich langen Haare in einem bunten Tuch vor der falschen Welt verbarg.

## Zuckerlösung

Auf der Landkarte war ein alter Baum eingetragen, der sich auf einen Hügel stützte. Auch ein Greis gehörte dazu, dessen Stimme so merkwürdig klang, dass alle, die sie hörten, enger zusammenrückten. An manchen Tagen war der Weg zu ihm leichter zu finden, weil eine Spur Menschengeruch in der Luft hing. Sie führte zu einer Gärtnerei, die aussah, als wartete sie auf einen verlorenen Sohn. Kein anderer saß darin als der genannte Greis inmitten seiner Pflanzen. Statt zu klagen zog er an seiner Wasserpfeife. Alles stand still, ab und zu ein feuchtes Wölkchen.

## Mysterium für Inneres

Es fehlte nicht viel, und der gestrige Tag wäre der lustigste meines Lebens gewesen.

Ich hatte Stunden mit Verschiedenem vertan, da merkte ich, dass ich nicht allein war. Einer stand hinter mir. Er hatte keine Haut, wie ich sehen konnte. Zwei graue, gescheite Augen blickten mich an. Dann reichte er mir seine knöcherne Hand, um mir aufzuhelfen. Sobald ich mit ihm auf gleicher Höhe stand, überschüttete er mich mit Lachen. Unter seinem lauten Atem wurde ich ohnmächtig. Ein kleiner himmlischer Rausch umfing mich. Erst in den Armen einer Frau kam ich wieder zu mir. Sie schimpfte leise und säuberte mich.

## Twiddy, das zweite Leben

Ein Sohn der Frau mit dem Federnkleid sitzt gern auf unserem Birnenbaum und pfeift. Die Frau, seine Mutter, reicht ihm oft einen guten Wurm, was ihr der Vogel mit Gezwitscher dankt. Einmal, es ist lange her, wollte er sich auf den Weg machen, vielleicht in ein gelobtes Land. Studierende, die bei uns in Laubhütten wohnen, fanden ihn flatternd in einem Haufen Müll und trugen das Tier wieder heim. Seither ist ein rostiges Fahrrad im Garten sein liebster Aufenthalt. Im Winter dann, wenn die Kälte in die kleinen Knochen kriecht, darf er in das warme Haus einziehen. Vater Philipp bittet ihn in die saubere Stube. Unter anderem stellt er ihm Fragen und appelliert an seinen Verstand. Dem Vogel ist das peinlich, denn er schlingt seine Beine um die Brust wie ein chinesischer Artist. Alles, was ihm durch den Kopf geht, sind Gedanken im Namen der Wissenschaft.

## Gräte liebt Tentakel

Mitten in einer uralten Stadt hängt an einem Seil aus Rauch das Haus, in dem ich geboren bin. Andere Häuser hocken unter Korallen. Fische spazieren mit spitzen Mäulern umher. Die Seepferdchen galoppieren mit leisen Tönen davon. In verborgenen Nischen gebären Muscheln Perlen. Viel Fülle, besonders Sonnen, Meersonnen, stachelhäutig, beleuchten das Leben unter Wasser. Der Rauch ist meine Nabelschnur, mein Strick der Illusion, er dehnt und windet sich und ist verwirrend fest.

## In der Stunde X

In der Stunde X wusste ich, dass mein Leben ein Gewinn war. Dachte an die Güte des Menschen, die sein Gesicht schöner machte. An die Liebe, die Augen ein Herz gab. Dachte an die Katze, meine Kameradin. An deine unermüdlichen Hände. Ich erinnerte mich an den schwarzen Vogelzug, gezeichnet in einen kalten Himmel. An den Duft der Äpfel morgens auf dem Markt. Ich dachte an den Herzschlag der Eidechse, die mich als Kind erblickt hatte. Und an ein Gedicht aus MOHN UND GEDÄCHTNIS, eine Sternenmusik.

Wir schaffen das

Ein Steinwurf entfernt lag ein Dinar. Darüber flog eine Schar Möwen. Ihre Augen füllten meine aus. Wie goldene Horden kamen Gefühle. Ich atmete tief durch die Nase. Die Jahre sind tausendfach durchwacht, wir sprachen über sie. Inzwischen hatten die Seevögel sich stark vermehrt, und es wurde eng auf dem Land. Unsere Worte verklangen in dem lauten Gedränge. Der Entschluss stand fest. Statt miteinander zu sprechen, tauschten wir freundwärts Blicke aus. Eine so lange Lebensgeschichte wie unsere ist ruhig.

## Wahrheit trinkt Milch

Der Himmel ist blau, golden sind die Sterne, weiß die Wolken.
Das bleibt immer so. Autos im Helldunkel. Hunde glitzern matt. Mitten in den Boulevards klemmt der Makler das Geld in die Achsel. Wie können wir unbekümmert sein, wenn wir nicht mehr unschuldig sind? Meine Arme wachsen täglich weiter. An meterlangen Krippen stehen geduldig ältere Menschen. Ein Orchester aus vielen Löffelstielen spielt ihnen die Hymne. Die Liedertafel hat ihr Büro in einem bekannten Ort. Die Hoffnung ist grau, dass sie grün ist. Selbst Babys wissen schon Bescheid über die Würde.

## Die Erde ist rund oder

Öfter als einmal trägt der Wind die Lautstärke des Zuges durch das geöffnete Fenster. Niemand in allen Abteilen.
Eine alte Pudeldame wackelt auf dem Bahnsteig, die Handtasche prall mit Francs gefüllt. Sie will Freudenhelden in der Bergwelt besuchen, Menschen, wie sie untereinander selten geschehen. Das sind Lebewesen, die aus langen Pfeifen ihre Tabake rauchen. Sie machen dem Theater einfach nach, was sie im echten Leben nicht erreichen. Meinerseits glüht das Herz für den grauen Himmel. Eine Künstlerin malt Ecken hinein.
Dann die Übergabe des Bildes an die untere Erdhälfte. Keine lästigen Formalitäten, gleich wird es in ein mit Mehl und Kohle ausgeschlagenes Loch eingelassen. Wir stehen davor, öffnen unseren Staubmantel und rufen hinunter: Die Nacht ist jedes Freien Freund! Diese schnelle Aktion vereint uns endgültig.

## Sieben Schläfer in Moskau

Es zirpen die Grillen, die Luft riecht nach Heu. Zu Füßen einer Vogelscheuche ruht der Kommissar. Lange schon hat er keinen Dieb mehr gefangen, das ermüdet. Nach dem Mittagsschlaf will er sie untersuchen. Die Vogelscheuche trägt eine Herrenjacke mit Nadelstreifen, eine feine graue Hose und auf dem Kopf einen Zylinder. Später wird er eine Tarotkarte aus der linken Gesäßtasche ziehen. Mit ihr wird der Kommissar eine Leserin aufsuchen müssen, die sie zu deuten weiß. Auf der Tarotkarte ist ein Turm abgebildet, der nach Osten zeigt. Fraglos ein Hinweis auf Russland. Spricht nicht der Nachbar des Kommissars Russisch? Trägt er nicht eine Pelzmütze und seine Füße stecken in Kosakenstiefeln? Und das Trampolin in seinem Vorgarten, auf dem ein russisches Kind in die Höhe springt, ist bestimmt Diebesgut! Also für uns zählt der Nachbar zu den Hauptverdächtigen. Aber wir wollen den offiziellen Untersuchungen nicht vorgreifen. Was hätte denn der Kommissar von den Verdächtigungen unsererseits, solange er schläft? Und wir wollen ihn nicht wecken.

## Laterna magica

Wärme des Pfades am Nebelhimmel. Lächelnd geht der Elefant auf Zehen. Das Augenlicht hat seine Farbe, stumme Sandweite. Unter vielen Anstrengungen kommt ein Vogel geflogen. Der Rhein nimmt ihn gnädig stromabwärts auf den Rücken. In grauer Ahnung steht mein Vaterhaus. Es ist oft mit Federn geschmückt, die vorsichtig entfernt werden müssen. Eine Labsal der Stille die Luft an dieser Stelle. Plötzlich taucht ein Kräuterkundiger auf, das Schifferklavier hängt von der Schulter. Er spricht sich für Blumen in allen Angelegenheiten aus. Er bietet die Stirn dem düsteren Tal. Honig heilt seine Wunden.

## Pfeifen und anderer Tabak

Ich war eine sehr persönliche Maus und hielt meinen Mund.
Die Familie war immer scheu, heftig nur Großvater. Er schuf Plastiken, Länge mal Breite. Ein Senkel hing aus seinem klobigen Schuh. Er war kunstlieb. Sein Steinhaus brach oft unter Sinfonien. Immer wieder baute er's auf. Ich war öfter zu Gast. Wir lagen zusammen auf Stroh und hörten den Wind im Garten. Zarte Lampen leuchteten. Unterm Bett von Großvater der Koffer von Weltreisen. Manchmal, wenn er redete, packte ihn das Fieber und er verreiste sogleich. Zurück las er mir am Abend aus exotischen Briefen.
Ich hüstelte dann, und er küsste mich vielleicht.

# Man braucht lange Arme oder einen schönen Tag

Bis zu uns Obigen dringt folgendes Gerücht:
Es brühte ein Feind in der Erde. Wer ist der Kerl? Wenn er eines schönen Tages mitsamt seinen Jungen zum Vorschein käme, was dann? Nur so viel: Müller hieße er nicht, Oberon schon eher. Ach, wenn schon!
Wir Patrizier schnalzten mit den Hosenträgern.
Das Volk nähme die Gewehre hoch und baute eine Mauer. Wir könnten wieder in Ruhe regieren.

## Bavaria

Fülle Flaschen mit Karneval, dann singe und sprenge die Wände! Sieben Schäferinnen kennen die handgeschriebenen Lebensregeln. Die Gesichter sind ernste Blickfänger. Darin webt der Wind Mitteilungen. Ein günstiges Geschick soll sie an den letzten See schicken, der sich hinter allen Bergen erstreckt. Dort werden ihre Lippen im Nu blau sein, wenn sie mit ihm in Fühlung kommen. Die Aufregung ist so groß wie ein rechter Baum. Noten liegen herum und werden abgelesen. Es lebe die Liebe, wird schließlich gesungen. Wohin der Gesang geht, gibt es Wiesen, Malven und die Veilchen. Dafür wachsen Schmetterlinge. Runde Weibchen und Männchen spielen der Erde Blüten vor.

Gipser

Auf meiner Hand schlief ein Ei. Darin zuckten Lider. Es atmete mal leicht, mal schwer. Ich stand da, ratlos, wem das Ei gehörte. So ging ich von Haus zu Haus, um den Eigentümer ausfindig zu machen. Überall erhielt ich die gleiche Antwort: Nein. Sollte ich das Ei für mich behalten? Die Nacht war milde, und ich entschied, mich von ihm zu trennen. Ich legte das Ei irgendwo im Park ins Gras und drückte ihm mit einem sachten Kuss die Hoffnung auf, dass es der Richtige fände.

## Kornkreis

Im Kraichgauer Land stand ein mächtiges Haus, in dem ein einziger Mensch wohnte. Sein Kopf war so groß, dass er ihn nicht durchs Fenster stecken konnte. Niemand wusste, wie er hieß und wovon er sich ernährte. Legte man ihm aber Äpfel aufs Fensterbrett, nahm er sie bei Dunkelheit zu sich herein. Das ist sehr wenig für einen ganzen Mann. Eines Nachmittags trat ein junges Mädchen vor das Haus und sang ein altes Lied. Hierauf erschien ein dunkelblaues Auge, welches das Fenster völlig ausfüllte. Da streckte das Mädchen seine Arme aus, als wollte es sagen: Komm heraus zu mir! Sofort wurde das Haus von einem hohen Schluchzen erschüttert. Jetzt wusste das Mädchen nicht mehr weiter. Inzwischen waren nach und nach Leute hinzugekommen. Sie sahen das Malheur, überlegten nicht lange und bildeten einen Kreis um das Mädchen. So schützten sie es vor dem Leid der Welt.

## Das ist der Daumen

Kommt ein Schiff den Rhein herauf, legt an, heraus steigt ein junger Mann, Sumsum genannt. Wie die Tiere am Bodensee weiß er bald, wo die Pflaumenbäume sind. Während Sumsum seine Füße seeum für sich sprechen lässt, werden die Pflaumen reif. Ein warmer Wind aus Konstanz rüttelt genug von den Bäumen für Stromer wie ihn. Derselbe Wind hat auch magische Kräfte und lässt Fische an Land gehen. Sie springen Sumsum an die Brust, der aus einem Fische acht macht. Wen wunderts, dass merkwürdige Geschichten über Sumsum entstanden. Eine erzählt davon, wie auf einen Schlag aus acht Fischen achtzig Fische, aus achtzig achthundert und aus achthundert achttausend Fische wurden. Sumsum habe sie alle aus seinem Ärmel springen lassen und halb Konstanz damit satt bekommen. Später ist die Geschichte weltweit bekannt geworden. Sumsum aber sei danach verschwunden wie er gekommen.

## Da, wo man singt

Es war einmal eine Frau, die saß am Lagerfeuer und sang ein Lied ums andere, so viele wie Regentropfen in das Feuer fielen und verzischten. Als ihr die Lieder ausgegangen waren, erhob sich die Frau und wechselte wortlos den Platz. Nicht weit von hier erklang am Abend eine kleine Nachtmusik. Die Frau kam näher und erblickte zwei Menschen, die sich umschlungen hielten. Als die beiden schließlich ineinander verschmolzen, streute sich die Frau vor Freude Asche aufs Haar. Noch in derselben Stunde bemerkte sie eine Mondsichel am Firmament. In dem Moment trat ein Mann aus der Finsternis und füllte die Hände der Frau mit Kirschen.

## Blaugrüne Stunden

Das Haus, weiß gestrichen, erschien der Mond zur Kinderstunde. Nicht lange und der Sandmann streute die Körnchen in meine Augen. Ein lauthalses Lachen weckte mich. Überall lagen Gräten. Draußen tuteten Kutter. Wolken stellten ihre Türme dazu. Eine Zeile darunter wies eine dünne Birke auf sich.

## Spielleutestraße

Neben dem Theater befindet sich das Kostümlager, dort die Leine für die Wechselkleider, nebenbei ein Familientopf für Suppe, dazu große Löffel aus Blech, schließlich ein Kasten für die Elektrik, und nicht zu vergessen ein Bach, eine Linde, ein Boot, ein angebundener Hund. Heute Abend kommen die Zuschauer des freien Lichts herbeigehüpft, die einen mit den Augen vorne, die anderen mit den Sehschlitzen seitlich, beide mit angegrauten Schläfen, die einen angegraut von innen, die anderen mit Silber angefärbt. Endlich nimmt das Stück seinen Anfang, ein Vorhang geht auf und Geister flügeln herum mit bedruckten langen Schals, die keiner entziffern kann. Schon glühen unsere geschwärzten Gesichter vor Kohle, wir geben das Schreckgespenst in der Komödie. Das Spiel hat begonnen: Sagt an, wer seid ihr?

## Babe

Laut klopft es an der Tür, sehr früh, die Nacht ist noch im selben Hemd. Ich verlasse mein Bett und öffne.
Ein wässriger Körper steht vor mir, die Augen anscheinend blind. Behände schlüpft er an mir vorbei, als hätte er etwas gesehen. Mit der Stimmgabel in der Hand bitte ich den Gast, sich zu setzen. Ich setze Tee zu und decke das schöne Geschirr aus Blumenthal auf. Unsere Unterredung verläuft schal. Ich begreife nicht recht, was zwischen uns vorgeht. Mal schauert mich, mal rührt mich nichts.
Es ist, als erhöben sich zwei Aromen aus ihren Tassen, um die Qualitäten zu messen. Gegen Mittag entlasse ich meinen Gast. Zum Abschied schenke ich ihm einen Schwimmgürtel.

## Schwarzbunt wie rosarot

Wie du siehst, steht neben mir eine kluge Kuh, die mir in einem fort Dinge ins Ohr flüstert, die der neben uns stehende Metzger nicht hören kann. Jetzt blicken die Augen der Kuh freundlich auf den kleinen, stämmigen Mann mit dem Schwert an seiner Seite. Er wirkt etwas lächerlich vor uns beiden. Der Metzger wird plötzlich müde, setzt sich auf die Fleischbank und sein Kopf fällt ihm auf die Brust. Wir, die Kuh und ich, nehmen ihn mitsamt seinem Fleisch mit uns fort.

## Stroh zu Gold

Als ich klein war, hörte ich auf den Namen Sittich. Da lief ich los. Jetzt hör ich nicht mehr hin, auch wenn mein Herz in Wellen springt. Dafür näh ich am langen, weißen Hemd. In der Nähzeit steht vor mir das Bild vom großen Mann, der ich einmal werden will. Gelingt es, darf ich das Hemd am Ende selbst tragen. Mit weißem Zwirn sticke ich auch Spottgesichter ins Tuch und ihre Zungenspitzen. An den vornehmen Höfen, wo ich nähen gelernt, schlief ich mit Fingerhüten an beiden Händen. Heute trag ich nur noch einen, der mich schmückt.

## Semmering

Müde war ich, ging zu Fuß. Die Zehen zitterten, die Zähne klapperten. Unter mir lagen die Knochen der Vorfahren, über mir hing das Kreuz, von dem ein geliebter Mensch herabgestiegen und verschwunden war. Der Mond und die Sterne zogen über mich hinweg. Sie folgten jenem Ort mit den Spiegeleigenschaften, wo ein altes Mädchen mit feuchten Augen Geige spielte und sich eine Schar feingliedriger Zuhörer gebildet hatte. Im winterlichen Licht sangen die einen mit, die anderen schluchzten. Diese sakralen Momente wollte keiner unterbrechen bis auf einen, der rief: Verschwinde! Einer gehorchte mit geducktem Haupt, als ob er die Sonne fürchtete, und verschwand. Zugleich stach der Morgen der dunklen Nacht ein Auge aus.

# Tintenfisch blau

Der Philosoph kletterte vom Katheder. Seine Schüler waren ins Freie geflohen. Der Wind hob seine Flügel mit Armkreisen. Auch standen Soldaten herum, deren Not aus mitgebrachten Tüten ragte. Womit ihr, Feinde des Krieges, sicher nicht gerechnet habt! Währenddessen war der Philosoph endgültig herabgestiegen in die Niederung des Seins. Seine Wangen glühten wie zerbombt. Bald danach saß er im Café an der Rue und sah den Frauen nach, deren Kostüme an den Hüften scheuerten. Sein Herz war inzwischen nass geworden, doch verriet seine Miene keine Gefühle, denn er spielte an seiner Gedankenkette. Unter dem Gebrumm des Verstandes murmelte er: Werfen wir alles weg! Was er auch befolgte. Unter Sartres kritischem Blick stieß er seinen geliehenen Leib von sich und ging ohne ihn von dannen. Die Sonne blieb hintergründig.

## Lichtsekunde

Venus schaute gerade auf den Mond. Im selben Augenblick ragte unser großer Zeh aus dem Bett. Mehr als lautlos kroch das Morgenlicht über die Decke. Wir spitzten die Ohren und hörten dem Husten der Flöhe zu. Er klang dumm und glücklich. Zwischenzeitlich führte ein Weg aus dem Schlafzimmer ins Freie. An seinem Rand standen in schönem Abstand Pflanzen. Unterdessen kümmerten sich um unsere Kinder Wölfe. Sie spielten mit ihnen Verstecken. Auch wir waren in Gedanken bei ihnen und dachten: Wie gut behütet sie sind! Sogleich kam jede Bewegung zum Erliegen.

## Wir Enkel mögen's

Die Zeit lief wie ein gleichmäßig atmendes Tier in eine Richtung. Dort fiel ein Stuhl um, auf dem Großvater sitzt. Er selbst fällt auf eine Kiste mit Briefen von damals, als er in den Krieg geriet. Großvater hatte das Glück, seine Harmonika dabei gehabt zu haben. Sobald das feindliche Feuer je eröffnet war, spielte er im Schützengraben seinen Kameraden etwas vor, zum Beispiel einen Foxtrott oder Valse Musette. Oft zerschlugen ihm die Splitter der Granaten das Trommelfell, welches im Lazarett immer wieder geflickt wurde. Es ist in seiner Truppe manches Wort gewechselt worden über den Unsinn des Krieges. Schuss auf Schuss platzt auf den Erdboden, warum. Als endlich der letzte Schuss verdampft war, nahm er die Harmonika auf den Rücken und stampfte nach Hause. Zum Empfang stellte man ihm einen Stuhl hin und ließ ihn von nun an in Ruhe musizieren.
Wir Enkel mögen's.

# Luftmaschen

Jüngst stieg ein alter Pisaner auf den schiefen Turm. Oben blickte er auf seine junge Frau herab, die nicht hat mitkommen wollen. Sie saß stattdessen auf einer Bank und strickte dem Alten Socken. Der fiel auf einmal um und verlor das Bewusstsein. Als er wieder erwachte, wusste er nicht mehr, wie er hieß. Mit dem Lift fuhr er abwärts. Unten angekommen schlug er den Weg nach Norden ein. Wie ein Fremder war er an seiner jungen Frau vorbeigegangen, die ohne aufzuschauen für ihn strickte. Währenddessen nahm er etwas zu sich, trank einen Schluck und näherte sich der Autobahn. Er überlegte, kniete nieder und sog die Luft ein. Es hätte jedem anderen das Bewusstsein gestärkt. Er aber fiel erneut in Ohnmacht, in eine tiefere als je gedacht.

## Das siebte B

Ein Baum, der sich schon lange zu schwer war, warf seine Früchte ab. Folgerichtig sammelten fleißige Menschen das Obst ein. Sobald die Äste von der Last befreit, hob der Baum vom Boden ab. Er schwebte höher und höher, bis er als winziger Punkt im Nichts verschwand. Der Baum war nicht wenig überrascht, als er plötzlich im grellen Licht stand. Was war geschehen? Er hatte unversehens das Parkett der fröhlichen Wissenschaft betreten, auf dem die Geister tanzten bis dorthinaus. Schon ergriffen sie den Neuling bei den Zweigen und führten ihn mit sich in den lustigen Reigen. Dabei verlor der Baum seine Borke und zum Vorschein kam sein zartes Mark. Flugs leckten die munteren Geister daran und gerieten außer sich. Der Geleckte aber ging in eine Ecke des Himmelssaales und schämte sich seiner Blöße.

## Per saecula saeculorum

Leg den Schlüssel in den Topf, deck ihn zu und versenk ihn in dem Loch neben der Treppe! Hundert Jahre später drehst du dich um auf die Seite der Gegenwart. Mit dem alten Wissen stehst du eine Weile an derselben Stelle. Du denkst nach, findest aber den Schlüssel nicht von damals. Die Lage hat sich merklich verändert. Dein Hunger ist gewaltig. Du hebst ein Stück trocken Brot vom Boden auf und isst es, als wär's gerade gebacken. Der Zusammenstoß des Brots mit dem Knurren des Magens erzeugt ein Gefühl, als ob ein alter Fuß junge Zehen austreibt. In der Gunst des Augenblicks erhebt sich ein Wind, und du fällst in Schlaf.
Im Licht der freundlichen Sterne liegst du auf der Erde und verwest bis zum nächsten Auferstehen.

## Wann sagt einer das erste Wort

Ich mochte die Schlange, die mir auf der Schwelle entgegenkam. Wir kannten einander vom Garten des Künstlers nebenan. Wie der Nachbar war auch die Schlange geistreich. Hatte sie sich vor Jahren noch wild mit ihresgleichen gebalgt, fand ich sie jetzt häufig eingerollt auf meiner Terrasse, in Grübelei versunken. Hatte ich früher nicht viel für sie übrig, ausgenommen den Tanz, den sie mir oft und gern vortanzte, sind wir mittlerweile in ein geistiges Verhältnis getreten. Sie ist in unserer Beziehung die Femina, ich der weiße Primat mit Vorliebe für alles, was sich regt und schlängelt. Nun war gerade heute der Geburtstag des Künstlers, zu dem auch ich eingeladen war. Ich backte also einen Kuchen, in den ich heimlich Gedanken hineintat, um den Herrn Nachbar scherzhalber auf die Probe zu stellen. Zur Stunde, als die anderen Gäste eintrafen, nahm ich die Schlange um den Hals, trat mit dem Kuchen auf der Hand vor den in sein bestes Laken gewickelten Künstler. Zum Erstaunen seiner Gäste und mir hielt er seinerseits einen meinem Kuchen ganz ähnlichen auf der Hand, in den anscheinend ebenfalls Gedanken miteingebacken waren, seine eigenen oder fremde, blieb verborgen. Mein Kopf glänzte im Mondschein, der dem Fest ein noch höheres Licht aufsetzte. Es war eine zauberhafte Stimmung, die mich und alle Gartenwesen mit einbezog in eine Geburtstagsfeier, die in der Erinnerung meiner Taufe nahekam.

# Köchelverzeichnis

Wann war noch die Feier auf dem Mond angesagt? Alle Erdmenschen, die sonst im schwarzen Walde hocken, werden kommen. Es sind keine im gleichen Takt schwingenden Gesichter, sondern Mumien. Warum? Eben ist der Mann von der Sonne eingetroffen. In einem Tuch hat er glitzernde Steine, die er vorzeigt. Wer greift da nicht danach und lacht! Neben der jungen Dame mit der erloschenen Zigarette wankt ein Friseur mit Himmelshaaren, müde von der Last goldener Lockenwickler. Kosmische Zuschauer sehen die festlichen Teilnehmer der Feier vorüberziehen, doch das entzieht sich einer Beschreibung. Der Wunsch sich zu verströmen vielleicht. Das geht eine Weile, bis eine Kopfstimme die Personen durchsichtig erscheinen lässt. Ihre Konturen sind jetzt wie Schwinggras ein Kompliment an die Natur. Welch großes Vergnügen, an einer schönen Furt des Mondes der Musik geopfert zu werden!

## Mephisto

Dorthinten steht ein Kehrrichthaufen, daneben Schaufel und Besen. Wer will, nimmt und füllt, bis der Karren voll ist.

Wer geht sie an die Halde ausleeren und begegnet einem roten Kerl. Weiß glüht ein Mond auf seiner Weste. Die Augen sind zwei blinde Flecken mit je einer lebendigen Biene darin.

Wer legt den Besen weg und denkt nach. Der rote Kerl tritt näher, öffnet die Weste und weist auf den Zettel an seiner Brust. Darauf steht, man möge öffnen. Wer tut es, und aus der aufgehenden Brust des Kerls ergießt sich ein blutiges Herz. Das Blut spritzt von den Füßen aufwärts. Wer steht rötlich gefärbt da. Auch der Kerl, dessen jetzt ausgeblutete Brust ein leeres Kabinett freigibt.

# Michael Ende

Der Lieblingssohn misst seine Füße, fertigt ein Paar Schuhe an und geht. Die Mutter sieht ihm nach, der eine zerrissene Hose anhat, ist er doch in Eile. Schon ist er unterwegs, dem Wind hinterher wie einem Magnetismus. Auf diese Weise gelangt der liebe Mann ans Ende der Wirklichkeit. Jetzt beginnt ihn die ganze Verschlüsselung zu erfassen, und die Reise mündet in unterschiedlichste Bücher des Lebens. Sie werden laufend weitergeschrieben von den Schreibern der Weltverwirrung. Gleichzeitig geschieht in einer Nebenwahrnehmung der Wiedereintritt in die richtige Welt. Das heißt, der Sohn ist wieder daheim, und die Mutter näht ihm eine neue Hose.

## Masse mal Licht

Vom Pfiff einer Trillerpfeife geweckt steht vor mir der Neffe des Philosophen Ludwig Wittgenstein. Ich erkenne ihn an seinem durchlässigen Blick. Er stellt mir drei knifflige Fragen, die ich wahrheitsgemäß beantworte. Er lässt mich ein. In der prunklosen Grotte gibt es außer einem Stuhl und dem Meister selbst nichts von Bedeutung. Dieser winkt mir knapp zu. Man sagt, er schlafe nie. Tag für Tag, Nacht für Nacht erzähle er endlos Geschichten von den Inwendigkeiten der Grottensteine. Auch jetzt sitzt er inmitten seines Redeflusses, die Augen blitzen vom bewegten Auf und Ab der Fantasie. In und um die Grotte fließt ein spiegelklarer Bach, der von tief unten in die Höhe wurzelt. Alle freien Geister, die jemals gesprochen, werden hier in sein Gedächtnis eingetragen. Sie sind Speicher und Schöpfwerk in einem und halten die Geschichten unendlich in Gang. Ich selbst im Schneidersitz höre mit offenem Mund, wie der Meister gerade die Zeit herbeilockt, die sich wolkig nähert.

## Kaledonia

Bei Windstille bleibt die Schildkröte ruhig stehen auf dem Grund des Wassers. Unter ihrem Schild holt sie ein kleines Buch hervor und beginnt zu lesen. Ein Taucher, der eigentlich nach ihrem Leben trachtet, ist gerührt und gibt seinen Plan auf. Er weiß, eine Lesende darf nicht gestört werden. Über der Szene schwebt ein geflügeltes Wesen, darüber ein anderes und darüber wieder ein anderes. Über dieser beweglichen Beobachtersäule stillt ein Himmel seinen blauen Durst. Unterdessen liest die Schildkröte von den großen Dingen, die Abenteuer bedeuten. Beschwingt schwimmt sie an Land, denn sie hat viel zu vergraben.

## Kuscheltiere leben länger

Tinte war keine mehr da. Der Löwe hatte sie einfach ausgetrunken und stand blau vor mir. Ich weiß nicht, warum er mir so lammfromm folgte, während ich vorausging und meinen Gedanken nachhing. Der Kirschbaum im Garten war das Ziel, unter dem wir das Frühstück einnehmen wollten. Er legte geduldig seine Pfote um den Teller, bis ich ihm Speck und Eier gab. Danach schnitt ich den Apfelkuchen an, den wir nach und nach aßen.
Dann unterhielten wir uns mit Gesten und Blicken.
Sobald er brüllte und ich knurrte, warf der Baum mit Blüten nach uns. Bald fing es an zu regnen. Ich nieste, und der Löwe schüttelte seine Mähne. Wir standen auf und gingen zur Terrasse. Dort setzten wir uns, Rücken an Rücken, und lachten.

## Zungenrot

Die Küste lang schlendernd sah ich vor einem alleinstehenden Häuschen einen weißen Mann auf dem Kopf stehen. Das Natürliche und das Künstliche seiner Erscheinung waren nicht voneinander zu trennen. Allem voran die geschlossene Beingabel, dann der Brustraum und sein Herz, das dem Kopf den Blutstrom wegpumpen musste. In der Nähe stand ein sehr vertrauter Eukalyptusbaum.
Von einem Ast aus beobachtete ein Koala den Bodenturner, der jetzt umkippte und geschickt auf seine Sohlen fiel. Währenddessen sengte die Sonne herab, hart und trocken wie das Nachweinen keiner einzigen Träne. Am meisten davon betroffen war eine Küstenlinie von drei Meilen Länge. Dessen ungeachtet stand da der weiße Mann mit rot gefärbtem Gesicht. Und das Meer war ihm gewogen, es trug ihn auf seiner runden Schulter weit von hier fort.

# Ohne rechte Winkel

Blau ist das Haus, das Himmelszelt ebenso. Ein Freigeist liegt bei einer Linde. Er will eine Weile für sich sein. Zärtlich fährt sein Zeigefinger übers grüne Gras in großer Harmonie mit dem Spiel von Sonne, Mond und Sternen. Jetzt heftet er Blüten an seine rüstige Brust, die Linde dankt es ihm mit Kupferduft. Langsam steht der Freigeist auf und erhebt die Stimme. Sein Gesang rührt an die Grundmauern des Hauses. Unsichtbares, heftiges Weinen erschüttert sie. Wie zu seinem Schutz zieht der Sänger den Baum nah zu sich heran und legt das Ohr an sein kolossales Schweigen. Sein Gesicht ist entrückt und abgelöst von seinen Fundamenten. Diskret erlischt das Licht, damit Haus und Mensch und Himmel ineinanderfallen.

## Später fallen die ersten Tropfen

Ein Bremer Paar nimmt Anlauf und hetzt den Satzberg hinauf. Oben angelangt verfällt es in intensives Brüten. Ein Gelehrter eilt ihnen nach, um sie zur Umkehr zu bewegen. Das Wetter schlägt um. Die Sicht auf den Nachbarberg, Brautstein genannt, wird trüber. Der Gelehrte versucht es mit Überredungskunst.
Das Paar aber wackelt verneinend mit den Ohren. An schwarzweiß blühenden Löwenzähnen entzünden sich schon die ersten kleinen Blitze wie sonst nur Entladungen an Kinderwiegen Neugeborener. Grell leuchtet es um den Kopf des Gelehrten, Nase und Mund verrutschen, Hose und Hemd blähen sich auf. Das Paar faltet die Hände, stürmt wieder zu Tal. Der Berg hinter ihnen versinkt in sein altes Wissen. Die zwei sehen einander in die Augen und lauschen bis jetzt.

## Schafe hüten

Neben mir läuft der Wolf von dort. Er trägt das Halsband von Königen. Wir dämpfen die Schritte durch den Garten und verwandeln den Boden in Märchenland. Sooft ein großer Vogel über uns schwebt, senden wir feierliche Grüße nach oben. Als ich und das Tier unter die Linden treten, werden wir urplötzlich zu Brunnenfiguren, die einander als Tränke dienen. Doch der Zauber hält nicht lange an. Als wir uns ansehen, stellen wir fest, dass wir wieder die alten Gestalten sind. Ich ziehe den Wolf am Schwanz und heiße ihn weitergehen. Wohin, weiß ich nicht. Vielleicht das alte Reich in den Wolken, dessen Torheit weit offensteht.

## Zwei, die sich beugen

Eilig spitzt mir meine Liebste den Blei, mit dem ich das Gedicht fertig schreibe.
Jetzt nimmt sie aus einem verzierten Kästchen eine kostbare Kette, legt sie um und verlässt das Haus. Ich bleibe zurück in meinen Gedanken. Schön ist das Gedicht nicht, aber bemerkenswert in seiner Verdrehtheit. Wer sind die Papierwinde am Südende des Reiches? Wer ist die liegende Acht, die Sonne und Licht anhimmelt? Solche Gedichte mag meine Liebste. Doch sind sie einmal geschrieben, geht sie regelmäßig aus zum Tanzen. Und ich helle mein Gemüt auf mit Weißbroten, die ich verzehre.

## Platz 1: Ebbe, Platz 2: Flut

Eines Abends, als die Nacht von See her das Zimmer betrat, knipste ein Mann das Licht über seiner Gattin an. Sie erschrak und warf ihm das Gesicht vor die Füße. Anstatt es aufzuheben, hob er fürchterlich zu lachen an. Es dauerte nicht sehr lange, und Schlangen drängten unter dem Türspalt herein. Sie richteten sich sofort auf und zeigten ihre Zungen. Jeder andere hätte gleich durchschaut, dass die Szene von listigen Geistern ausgedacht worden war, er nicht, für ihn war das tierische Theater real, seine Haare färbten sich wie ein Gewitter. Inzwischen hatte seine Gattin das Gesicht wieder aufgesetzt, sie winkte ihm und ging fort mit dröhnenden Schritten. Der Mann war baff und sah ihr nach, wie die See und das Meer ihre Kräfte maßen.

## Federling

Eines fernen Tages kam ein Wüstensohn in die Stadt und bat um eine Audienz beim Sultan. An den Mauern einer öffentlichen Herberge trug der Fremde ein paar Gedichte vor, darin er vom Stillsein sprach. Diese machten in der Stadt die Runde. Einige Kaufleute beklagten sich beim Wesir über die Dichtung des Unbekannten, sodass zuletzt die Klage beim Sultan landete. Darauf schickte der Herrscher einen Boten in die Herberge und ließ den Ankömmling an den Hof rufen. Der Unbekannte aus der Wüste tat wie ihm befohlen, und er schritt stolz durch die Reihen der anwesenden Höflinge bis zur Versammlungshalle, wo ihm ein Platz zugewiesen wurde. Wie die Vorsehung es wollte wandelte ein reich geschmückter Jüngling, es war des Sultans einziger prächtiger Sohn, an der fremden Person vorbei, besann sich kurz und setzte sich neben ihn, um mit ihm zu reden. Doch dieser Mensch sagte kein einziges Wort. Da geriet der Herrschersohn in eine Unruhe, wie sie ihn erst ein einziges Mal ergriffen hatte, nämlich, als sein geliebter Falke ihm entflogen und nie mehr zurückgekommen war. Der edle Jüngling nahm es als ein Zeichen vom Himmel, empfahl sich achtungsvoll, ging zu seinem Vater und erklärte ihm den fremden Mann als den verzauberten Falken.

## Obolus

Das Ziel war nah. Der Mann kam an, warf sein Bündel zu Boden, schlug ein Buch auf und las. Seine Frau klopfte die staubigen Sachen aus. Dann kochte sie. Beide aßen auf dem Balkon. Es gab Feigen und Spiegelei. Sie sahen einander an und sprachen über den Nobelkreis, wen er erwählt und was es bedeutet, dabei zu sein. Wenig, stellten sie endlich fest, denn sie seien frei, Wetter zu machen, wie es ihnen gefällt. Übrig vom Mahl blieb etwas Wein, den sie verschütteten für die Reiher ums Haus.

# Denkschrift

Seit Vater und Mutter auseinander, sind meine Schwester und ich ein und demselben Fuhrwerk vorgespannt. Wir ziehen auf den Berg, der Aussicht verspricht. Oben steht ein Prophet, der die schwarze Tafel hochhält. Wir lesen, was wir tun sollen. Es ist bloß ein kleines Geschäft mit einem großen Briefbogen dabei, der auszufüllen wäre. Ach, könnten wir es nur, der Prophet ließe uns weiterziehen! So aber müssen wir uns vor ihm schämen, bis die Nacht ihren Mantel über uns wirft. Morgen früh, wenn der Verstand es will, wird alles gut.

## Auf nach Panama

Eigenartig, da spricht wer Sonderbares, das unter fernem Himmel wächst. Begierig lauscht die Gemeinde und beschließt, dorthin zu gelangen. Der Führer nimmt sie an die lange Leine, und da wandeln sie, es sind ihrer hundert und einer, also hundert, die mit der Nase träumen, und einer bildet die Nachhut. Wer für den Führer bürgt, weiß keiner. Doch scheint er zu wissen, wo die richtigen Wege sind, nämlich, wo Zweige in die Richtung großer Bäume weisen und kein Zweig dem anderen Licht wegnimmt. Das viele Holz da an einer kahlen Stelle sieht nach einem Skulpturenpark aus. Ist es das, was wir wollen, oder müssen wir darüber hinaus, um in das gelobte Land zu kommen? Halt, man hört, es wird gesprochen! Ein Redner lädt die hundert und den einen zur Diskussion ein. Nun gut, man spricht sich aus und scheidet voneinander. Jetzt ist dem einen klar, dass er sich von den hundert trennen muss. Was weiter geschieht, wissen wir nicht. In der Ferne wetterleuchtet es. Wir essen zu Abend in einer Hütte aus Stroh. Am nächsten Morgen machen wir aus der Hütte Hüte für uns, und jeder geht seiner eigenen Neigung entgegen.

## Zwei halbe Schläge

Jedes Schiff mit Segel will aufgetakelt bleiben und nicht in einer Pfütze köcheln wie das Kind mit Sonnenbrand. Ich kam zufällig vorbei und bat es, mit ihm spielen zu dürfen. Es willigte ein und ging fort, den Zeigefinger nach Geisterart in den Wind haltend. Folgerichtig drehte ich mich um und sah, wie eine Sonne nach der anderen vorbeiging. Sie glätteten mir mit ihren Händen aus reinem Gold die zerfurchte Stirn. Dann zogen sie sich in ihre feste Burg zurück. Auch ich schlief ein, und die Landschaft erlosch, sobald ich versuchte, mich anzuschmiegen ans ewige Leben.

## Das Ding

Ich nahm das Ding und legte es anderswohin. Sofort stieß das Ding ein Flüstern hervor, denn es lag jetzt anderswo. Ein Klagen oder Sich-Freuen über den neuen Platz. Oder sehnte sich das Ding zurück an seinen alten? Eine winzige Bewegung, ein Blick, ein Lichtfunken, schon sprang ein Innen-Ich hervor, das sich empörte oder bedankte. Dann war ein Wimmern zu hören, der Ton eines einsamen Dinges, bevor mich ein anderes versenkte.

## Unser Krieg ist aus

Nun heilen die fiebrigen Angriffe, einer gegen den anderen, einer in den anderen, die Schreie, Flüche, Grimassen. Es heilen die Gräben, die Erniedrigungen, die Verrate, die Verbrennungen, die bloßen Häute, blanken Träume. Wir kriechen hervor aus dem Schmerz, aus unserem gähnend offenen Körper, wir spucken die Gifte, erbrechen den Hass, und es verwachsen die verlorenen Jahre. Wie gut das tut, dass du mich getötet hast, und unser Krieg nun aus ist.

## Ich bin eine Triole

Ich bin eine Triole, welche die Welt bereist. Mein Leben spielt sich auf dem Notenblatt ab.
In Kairo, Istanbul, Paris, gleichwo. Meine beste Eigenschaft ist die Beständigkeit. Aber gestern gab es eine kleine Sensation. Mitten im Konzert holte ich tief Luft und stieß sie wieder wie elastisch aus, bevor sie zurückschnellte. Von alldem hatten die Zuhörer nichts bemerkt. Auch der Dirigent verlängerte mit dem Taktstock seinen Finger wie immer, nur mich spielte ein Instrument ein wenig zu äolisch, es war die Harfe.

## Wachswandel

Die Nacht und ein Stoß. Der Körper schwankte mit Händen und Füßen. Erst als der Raum zum Stillstand gekommen war, verlor der Mann seine Angst. Er sagte Adieu, lächelte und verschwand. Dort im Wald war er mit den Wildvögeln allein, die sich von ihm füttern ließen. Überall waren kleine Haufen Honig angelegt. Jedoch fehlten Milch und schwarzes Brot. Es war ein erlesenes Treiben hier. Die Vögel pfiffen, die Bäume des Waldes spendeten Schatten, hundert Stunden verstrichen. Der Bart des Mannes ergraute im Nebel.

## Was krumm ist, soll gerade werden

Bläschen kleben auf der Seele, wie sie auf keine Waage kommen. Liebe Augen haben sie verursacht. Gewichtlos wie Licht erwarte ich, dass der gute Hirte sie so oder so bewacht auf der himmlischen Wiese. Dort tollen kindliche Tiere, am tollsten tollt ein Kalb. Kurzerhand bändige ich das junge Tier und nehme es auf meine Schultern. Bald überqueren wir die sophistische Linie und langen glücklich bei den Kreidetafeln an. Hier stelle ich das Kalb auf die Füße und lasse es ziehen.

## Nairobis Rundschau

Der Boden war beinhart, auf dem sich sieben Wölfe trafen, um Jagd auf eine Elfe zu machen. Als einer von ihnen sie endlich gepackt und totgebissen hatte, trat stattdessen eine schöne Löwin aus dem verborgenen Gebüsch, die allen sieben in den Schwanz biss und sie vor die Tür setzte, wo der Weg durch den Wald in die Welt begann. Summa summarum schwamm die Elfe in ihrem Blut, die Wölfe versteckten ihren Schwanz unter dem Bauch, und die Löwin durchstreifte allein mit Haut und Licht das herrliche Gelände, wo sie ihr Genügen fand.

# Spiegelreflex

An der Wand hängen zwei Bilder von Händen, die winken. Dieses Bild sagt tausend Worte über dich, jenes hundert. Tausendeinhundert Worte über dich sind zu viel für dich. Blumenreich schildern die Bilder, du hättest als Tochter den Vater getötet und wie in einer offenen Oper darüber gelacht. Das sprengt jeden Rahmen, auch diesen und jenen. Du verließest das Zimmer wütend, dein Biss an der Tür.

## Der berühmte Dichter hat einen schlechten Tag

Was soll mir die Liebe dieser Leute bringen! Mögen sie mich doch mit Geld und guten Worten füttern, aber meine Ruhe sollen sie mir lassen! Und das Geld, am besten nur per Post. Ihre guten Worte, besser nicht, sind langweilige Münzen. Am besten mögen sie ihre Kröten unterwegs verlieren und mich finden lassen. Hingerissen sein von mir, hinter meinem Rücken bitte! Ganz durch Zufall will ich davon hören und durch jemand, der mich nicht mal kennt. Sollen gerne mir ihr Haus vermachen und dann tot sein bitte.

# Grabowski

Wie oft stiegen unterm Dach Wirbel zu zwei Hälften in den Himmel! Wo sie dennoch über den Erdboden zogen, warfen Maulwürfe Hügel auf. Imponierend. In ihrem Inneren war eine lange Schnur, an der man sich herabließ. Unten war es dunkel wie in der Unterwelt. Wir wissen heute, dass dahinter das wahre Paradies sei. Die Reise durchs Unterirdische war aufreibend, als sie endlich zu Ende ging. Sehr lange Fäden am Bart, die Haare ausgerissen und weiß im Gesicht, so schlief man fest bis zur Erweckung. Der Kosmos lächelte spröde. Die Strahlen seiner Sonnen hinterließen Purpurspuren. Es heißt, die Zeit brannte, die Haare loderten. Mit dem Prunk schwarzer Schönheit ertönte die neue Musik, Musik der ewig schönen Gemeinschaftsseele.

## Meerfamilien

In großen Städten, hinter Mauern schlafen zermürbte Kinder. Eng ans Laub gepresst träumen sie Schönes, vom Planeten herab hängen verurteilte Rosendiebe. Die Kinder hatten sie erwischt und hierher gebracht. Später bringt ein Magnet die Eisengürtel der Hingerichteten in Einklang mit dem Schwermetall, das dort hinterm Abendrot klirrt. Alle anderen Himmelserscheinungen werden übertroffen von einem Freudenfeuer, das in Wasser getaucht wird, sobald die Diebe abgehängt worden sind. Ein Zuschauer deckt sie zu mit Schleierkraut, denn wer wollte ihre mit Schiffen tätowierten Brüste sehen, Nachtwesen nachgebildet! Hundert Jahre gehen ins Land und treiben die dicksten Fische ins Netz, in ihren Perlmuttaugen schillernde Liebesreife.

# Manschettenknöpfe

Während der Mythologe erzählte, drehte er den Hahn der Zeit zu. Sein silberner Blick umfasste unsere Wesen. Wir fühlten uns wie eine Bahn, die Berge und Täler hinauf und hinab fährt. Schließlich versank die Sonne im äußersten Westen. Jetzt wurden Kameras aktiv und klickten. In der Ferne stiegen Huftiere an den Rand der Berge. In der Nähe tauchte ein Fluss auf mit reglosen Fischen. Das Walten der Nacht hatte uns fast blind gemacht. Arm in Arm hofften wir dem neuen Tag entgegen. Bei seinem Anblick rannen die Tränen der Natur. Auch der Morgen warf die Hufe hoch. Folglich wurde Geld abgeworfen. Junge Männer spekulierten bis gegen Mittag. Nass gescheitelt entstiegen sie dem Abendpool.

## Reißbrett

Ein sehr vorausschauender Mann kommt aus den hinteren Reihen nach vorn. Der schwammige Rücken verrät seine Herkunft. Er ist Hilfsmaler und strebt nach Höherem. Das paradoxe Unglück ist:
Er weiß, dass er nichts weiß. Aufs Geradewohl verfeindet er sich mit allem, denn sein unfähiger Verstand amalgiert mit dem Gemüt. Folgerichtig gleiten ihm Worte der Lüge die Leiter rauf. Er spuckt dagegen, was leider ihn selbst an die Wange trifft. Noch ist von seinem Schäferhund nicht die Rede, dem das Leben in den Bergen gut tut. Auf Befehl klatschen die Umstehenden. Großer Ernst auf ihren Gesichtern, die, von Hüten geschwärzt, Schatten in die Nacht werfen. Sie bilden menschliche Wälle, die sie einander entgegenbauen. Ihre Hände gehen wunderbarerweise zusammen und bilden gotische Geflechte. Ein Bild des schönen Altertums. Ein Geschwisterpaar verteilt Zettel gegen Despotismus. Weiße Seufzer zischen kurz auf.

## Alles verwandelt sich in Schrift

Es gibt keinen Trost, weil Schwermut mehr Anteil hat am Sichtbaren als am Unsichtbaren. Was sich aber im Sehenden nach Sehen sehnt, findet sein Atmen nicht im Gras oder in den Baumwipfeln. Das liegt jenseits, das liegt auf anderer Hand. In der Wirklichkeit vor dem Spiegel. Das Spiegelbild, es kommt erst in den Raum beim Schwinden des Lichts. Das Fortleben des Menschen, die Fortdauer im Schaffen, die Beschwörung des Heiligen. O die Klarheit der Augen, das Werk, das bleibt, und die Kinder, die die Linie weiterziehen! Ach, das Spiegelbild, es erscheint beim Schwinden des Lichts, das Silber ist erblindet und das Glas zerfallen! Die Wirklichkeit drückt das Gesicht ans Fenster.

## Flicken am Sein

Wind unterm Torbogen. Dort Treffen mit einem Bekannten, eine Art Hund mit Bart und Löwenzahn. Mit dem Strohhut unterm Arm gingen wir an den Strand. Ein hoher Leuchtturm, in schneidende Gischt gebogen, schwärmte von uns. Als wir das Viereck des Himmels durchmaßen, schlugen Fische an. Sogleich flogen die Fischer in ihre Boote. Das allgemeine Netz über den Schultern versanken sie im Rausch. Wurden sie gezogen oder gesogen? Über diesen Schweigern liegt eine natürliche Diskretion. Sie nehmen Fische in Körben, in Säcken, wie es eben kommt. Keine Debatten. Fischer sind.

# Erweiterung mit 7

Dort im Oberstübchen hockt der Kalkulierzwerg über Tabellen.
Sein grünes Hütchen sitzt verrutscht am Hinterkopf.
"Das ludert im Himmel", murmelt er und saugt heftig an der Pfeife. Seine Berechnungen ergeben, dass morgen Tag und Nacht gleichzeitig sein werden. Das heißt, was morgen an Tierischem geboren, wird schwarz und weiß sein wie Schrift auf Papier. Das wiederum heißt, dass alles, was morgen zur Welt kommt, von Fabelnatur sein wird. Der Zwerg beißt sich nervös in die Lippe. Auf einem anderen Platz befindet sich ein Wesen, das der Ergänzung bedarf. Es hat bloß ein Ohr, einen Fuß, ein Auge und einen noch nicht erblühten Mund.
Um es herum wedelt ein von der Vorsehung zugedachtes Tier. An wieder anderer Stelle schreibt eine Schwalbe ihr Lied vom hoffnungsvollen Ei. Darin heißt es, dass niemand an dem heiklen Ei rühren solle, aus dem demnächst ein unaussprechliches Geschöpf schlüpfen werde.

## Zum Gedächtnis an die bemoosten Häupter

Draußen treiben Stürme von Scherenschnitten. Ein wackliger Tag. Das Fenster wird aufgerissen. Im dunklen Schlafzimmer zu Füßen alter Schnee. In jenem System gibt es die eine verletzliche Farbe. Dabei ist Sinn bunt und frei von jeder Hülle. Gestern wurde der Dank für fremde Hilfe gewählt. Manchmal ein Hauch von Mut und manchmal, sicher willkommen, ein Freiraum. Ein Kissen hat diesen Bezug. Vorausgesetzt, dass so viele Mädchen wie Männer anwesend sind. Vorausgesetzt das Gleichgewicht von Sauberkeit und Schmutz.

# Vater billiger Vergnügen

Tochter liebt den Drachen. Tränen, wie sie Krokodile vergießen, rinnen. Dieser gesalzene Brief liegt auf einem Tisch, wahrscheinlich runden. Heute ist große Wäsche. Von Anfang an werden Leinen gespannt. Ein schöner Tag zum Hängen. Eine spektakuläre Kulisse. Die Dame da vorn sagt dem Mann eine Frechheit. Acht Straßenlampen strahlen. Mutter zeigt ihr gutes Gesicht und beschwichtigt. Halb so wild streicht Wind um Strauch und Graben. Und so geht die ganze Geschichte: Ihr Mann war Bildhauer. Er nahm ihr Gesicht in die Hand und formte daraus einen Wicht. In zwanzig Minuten war einer fertig. Er öffnete sofort seinen Mund und bat ums Wort.

## Beulenfrost

Durch Schnee geht die Sage, Schreiben tut weh. Schwer fällt der Atem ohne Gerät. Wie in Glossen kommt wer ohne Herz zur Welt oder verlor es. Er hat nur Dummheit im Kopf, einen schmutzigen Teller und faulende Zähne. Er hält den Mund oder blättert in den Zweigen von Bonsaibäumen. Fug und Faunen rechnen mit der Not. Ein Zwirn zieht ihr Denken in die gewünschte Länge. Umbrische Schatten bilden sich unter den Augen der Mütter. Die Männer singen Lieder über die Seligkeit. So leben die Paare im Sack einfacher Verhältnisse. Es raschelt im Baum. Ein Vogel spuckt Kerne auf Köpfe.

## Lange Zeit

Schlief und erwachte ich in einem verdunkelten Zimmer. Die verhängten Fenster ließen mich im Unklaren, ob draußen Tag oder Nacht war. Sobald ich erwachte, stand ich auf, um einem Tischchen ein Stück Brot zu entnehmen und in den Mund zu stecken. Danach schlief ich wieder. Mein Schlaf ging tief, war leer. Heute aber erwachte ich und bemerkte, dass jemand ein Tablett ans Bett gestellt hatte. Auf dem Tablett war ein großer, ovaler Teller, darauf ein breites Messer, das im Fleisch eines Fisches stak. Auch fiel meiner Nase auf, dass der Fisch völlig geruchsfrei war. Wollte man mich narren? Ich glaube nicht, und so erklärte ich das Ganze zum Kunstwerk.

## Hallo Sommer

Gerade hatte ich die Schreibmaschine angeschlossen, als sie boshaft anfing zu brodeln wie ein Schnellkocher, randvoll mit Wasser. Das schien mir nicht normal zu sein.
Ich guckte von oben in die Maschine und sah einen Käfer, der auf dem Rücken einen Fluß hinabtrieb. Der Käfer war offensichtlich am Leben, denn er schnaubte jetzt und drehte sich auf den Bauch. Er hatte Ähnlichkeit mit einem weit entfernten Flusspferd. Und auch der Fluß wurde immer kleiner, dünner und verschwand wie ein Schluck oder Spuk im Stromkabel.

## Hinke Pinke

Guten Morgen, Kinder, sagte ich im Traum, es leuchten heute Sonnenblumen. Wollt ihr mit mir spielen? Ein Eulenweibchen sah mich starr an, als ich erwachte.
Es forderte meine Nabelschnur, um seinen Hunger zu stillen. Ich gab sie ihr, das verband uns für viele Jahre. Neulich kam es wieder und starrte mich an wie damals. In seinem Blick fand ich zu meiner Freude die Wegzeichnung zu den Kindern. Ich machte mich auf den Weg. Angekommen in meiner Müdigkeit sagte ich noch: HIER BIN ICH, ICH KANN NICHT ANDERS, und fiel in einen tiefen Schlaf. Es dauerte nicht lange und erneut flackerten Traumbilder vor meinen Augen, die sich schnell zu erkennen gaben. Ich sah deutlich mich und die Kinder. Bleiben sie jetzt immer bei mir?

## Kukident

Vor einer Stunde sah ich ein winziges Etwas zum Fenster hereinflattern. Nahm das luftige Ding in Augenschein und versuchte mit ihm zu reden. Doch das Gebilde öffnete sich nicht für ein Gespräch, es blieb neben den Farben des Lebens und schwieg. Darum wollte ich die Wissenschaft befragen und zückte mein Vergrößerungsglas. Unter ihm entpuppte sich das unbekannte Objekt als zierliches Fluggerät mit einem Piloten. Unterdessen rief meine Frau zum Essen. Wie gewöhnlich überwältigte mich danach der Schlaf im Sitzen. Als ich wieder erwachte, fiel mir mein Besucher ein, der da irgendwo zu sein schien. Ich nahm meine Lupe, und tatsächlich entdeckte ich ihn auf einem Tellerrand. Von seinem Flugobjekt inzwischen getrennt fletschte der Pilot die spitzen Zähnchen. Zur Abwehr vielleicht hatte er vor mir Aufstellung bezogen.

# Allmählich schlugen alarmierende Glocken an

Am anderen Ende der Geschichte brach nach zehn Minuten eine Frau zusammen. Nach zehn Sekunden regte sie ein Lid, stand auf und warf Weihrauch um sich. Sie begann, in Vogelperspektiven einzutauchen. Zwei ihrer Augen suchten den Horizont ab. Sie vermuteten etwas Klirrendes in einer Anzahl wolkiger Gebüsche. Je näher die Frau dem größten von ihnen kam, desto stärker strömte gefrorener Wind um ihre Schläfen. Wie nicht anders zu erwarten streckte wer fünf Finger aus Eis aus, und im Handumdrehen verschwand dieser Busch formlos wie ein Spuk, um einem blattgrünen Haus Platz zu machen. An seine Decke heftete die Frau mit zwei, drei Zwecken einen bläulichen Himmel, in dessen Tiefe das Klappern der Flügel eines Holzschiffes zu hören war.

## Wie sich Gelb ergießt

Am Abend, wenn die großen Söhne von der Arbeit kommen, wird Brot gegessen. Es ist wohlgeraten, denn der Bäcker unterbreitet dem Teig Laken zum Zeichen seiner Geduld.
Noch befindet sich der Mond in der Ankleide. Erst wenn die Sonne im kleinen Schwarzen aus der Garderobe tritt, nimmt der Mond Platz im Schlafzimmer. Dort wartet er geduldig auf das Erscheinen der Söhne. Wer sonst noch in den Korridoren der Längen und Breiten unterwegs ist, sind Sterne und andere Statisten. Wie bereits angekündigt berühren die ersten Schatten der Söhne die Lichtwogen der Nachttischlampen und ertrinken. Auf einem weißen Schirm, den die Atmosphäre über der Erde aufspannt, werden ihre Gesichter sichtbar. Sie sind einfältig und bepinselt mit Mehlkohle. Es ist ein himmelhohes Bleichfeld, auf dem sich mit ihnen frühe und späte Geburten tummeln.

## 1844

Letztes Jahrhundert ging ich aus. Mein Grab ließ ich offen zurück. Mit einem Fliederzweig in der Linken besuchte ich Vater und Mutter. Sie schauten mich an und scheuten vor mir.
Da nahm ich die Worte Gottes vorweg und sagte zu ihnen, was einst geschrieben sein wird. Da hoben sie erst recht ihre Rockschöße und flohen zu den staubigen Katzen. Sie schauten mir noch lange nach, der ich einen Umhang mit Schleppe trug, die zu ziehen Kraft erforderte. Diese Schleppe dient mir im Grab als Leintuch. Ein Stoff für die Ewigkeit, der mich befreit hat von banger Liebe zum Leben.

## Badischer

Er kam an, der Atem trübe. Kam nüchtern, der Appetit sehr trocken. Kam verlässlich, sehr frei, ohne Müdigkeit.
Ein bisschen alt schon mit leuchtenden Runzeln. Mit einem harmlosen Keuchen. Mit stolzem und andächtigen Blick. Er kam an im dumpfen Glanz seines Gangs. Blickte er rückwärts, so wie einer, der es besser weiß, mit der einfachen Spröde der Hände. Im Dunklen kam er an. Ich kenne seinen Namen nicht.
Er roch nach Harz, nach Wein. Und er sagte: Es gibt da diesen Ton im Innern des Glases. Welche Farbe, fragte ich. Zur Antwort nahm er einen kleinen Teller, schrieb Unsichtbares hinein nach Art der Kinder. Auch blies er über die Schrift und da blieb nichts. Adieu, sagte er, ich bin der König aus Rauch.

## Die Käte Kruses

Als der Nachmittag mit der Kaffeekanne über dem Gartenzaun erschien, standen die Schwestern bereits mit Tassen in der Hand vor der Tür, damit ihnen eingeschenkt würde. Inzwischen saßen die Brüder im Bücherzimmer und beratschlagten, welche Arbeiten eigentlich zu verrichten seien. Ihr Lebtag hatten sie noch nicht begriffen, wie ein Schiff an Land zurechtkommt. Da fasste sich der Dümmste von ihnen ein Herz und stieg beim hinteren Fenster ins Freie. Bald knallte es im nahen Wald, als hätte wer einen goldenen Tresor gefunden und aufgebrochen. Erschrocken suchten die Brüder ihn und überließen den Schwestern alles übrige. Die ließen Bräutigame ins Haus und stießen sie ins Bücherzimmer, in dem sie noch heute eingesperrt sind. Hörst du sie blättern?

## Kammerspiel

Ich war ein Erfolg suchender Bauer in Frankreich, als es mich zurück in die deutsche Heimat zog. Keiner brachte Einwände vor, als ich den friedlichen Winkel hier kaufte und bebaute. An der linken Seite meine Frau, rechts unser Sohn von Gelingen und Anmut. Zu dritt holten wir Halm um Halm aus dem harten Boden, bis die Scheune voll war. Das sprach sich schnell herum und viele Kranke kamen von überall, die an unserem Tisch aßen und danach von ihren Gebrechen kuriert wurden. Dort im Seerosenteich wuschen sie ihre tränenden Augen und benetzten die rissigen Lippen. Auch reden schon mehr geheilte Stimmen von Wunder, als Hilfe Suchende sich bei uns einfinden. Das Ansehen meiner Familie hat inzwischen derart zugenommen, dass wir allein vom Ruferwerb leben könnten.
Die Hände entspannt im Schoß sitzen wir vor der Tür, die von selbst auf- und zuschlägt.

# Fahrt nach Merseburg

Es war Dämmerstunde, die Stunde zwischen Leichtsinn und Schwermut, als wir müde aus dem Wagen stiegen. Da näherte sich ein alter Mann, warf seine Mütze in die Höhe und lud uns ein, mit ihm zu speisen. Das Häusle war schief, wie jeder sehen konnte, aber der Tisch gerade, auf dem sich Schmalz und Brot anboten.
Kurz darauf kam der Musenfreund des Alten vorbei, stellte eine Kanne auf den Boden und unser Gastgeber schenkte ein. Das Schmausen hub an. Maß und Humpen später zog der Betrunkenste von uns die Augen auf sich, denn ein Tier von niederer Geburt hielt auf ihn zu. Sobald er es streichelte, erkannte er in ihm einen Vorfahren. Großvater, lachte er, wer hätte gedacht, dass du ein Schaf geworden bist. Sprachs und eine warme Gefühlsmenge entstand augenblicklich. Die Familienpyramide vervollständigte sich wieder mit dem Stern der Liebe an der Spitze.

## Es ist, als reiste ich mit dem Zug

Von den Bäumen löst sich der Mond. Das Haus in einem Schleier von Erinnerungen. Frauen lächeln und verdämmern. Männer in Melancholie. Alles atmet schwer. Das Leben ein Kerker. Jede Jahreszeit verrichtet ihre besondere Zerstörungskunst. Während der roten Stunden leiden die Tiere stumm. Selten war für irgendwen irgendwann so wenig Hoffnung.
Das Gras duftet nach Tränen, irgendwo im Frühling. Irgendein barbarischer Wind erhebt sich wie ein hastiger, fantasieloser Liebhaber. Es sind Gedichte, die von überallher zurück kehren, um mich unter sich zu begraben. Es ist, als reise ich mit dem Zug. Es ist, als ließe ich sämtliche Stimmungen hinter mir, als träte mein Körper in einen düsteren Wald.

# Marie

Gestern krabbelte mir ein Käfer, rot mit schwarzen Punkten, über den linken Arm. Ich sah ihm zu, wie er sich durch meine Härchen kämpfte. So klein war sie also geworden, nachdem ihre verstorbene Seele sich wieder verkörpert hatte. Leider blieb der Käfer nur kurz sichtbar. Als ich wegsah auf den Radfahrer, war er weg. Eine Kolonne Rennfahrer verfolgte den ersten im gelben Trikot. Sie schwenkten alle ums Haus, das hier mitten im Viertel steht. Darüber ist der Himmel, aus dem meine selige Frau mir manchmal zufliegt.

## Epilog

Die Psyche kann jeden um den Finger wickeln, wenn sie will. Ansonsten sucht sie ans warme Meer zu gelangen. Sie trägt eine lange, breite Krawatte, unter der sie ihr Geschlecht verbirgt. Auf dem Rücken weht der Schleier vom vorjährigen Sommerwind. Sie ist und bleibt eine Nordlichtpsyche. Wir Späteren sind nicht da zu richten. Wir berichten bloß und malen Bilder überkommener Seelenkunde, um unsere leeren Häuser auszuschmücken mit Anmutungen von des Menschen ewiger Suche.